하논

하늘

문상금 제8시집

한그루

시인의
말

여덟 번째 시집을 엮는다.

하논 산책길을 중심으로

시적^{詩的}소재가 되어 태어난

시^詩와 노래를 묶는다.

사시사철 하논의 평화스런 하늘과

구부러진 길 따라 피고 지는 감귤꽃과 유채꽃

갯나물꽃, 찔레꽃, 동백꽃, 여러 종류의 야생화들

그리고 그 기특한 목숨들이 뿌리내린 붉은 흙을

아주 사랑하여 자주 산책을 나갔다.

2023년 늦가을에

문상금

차
례

1부

하논 가는 길

2부

문 닫힌 집의 적막을

3부

꼭꼭 밟으라

4부

죽은 어부의 노래

5부

태풍은 휘몰아쳤다

6부

장사익과 흰 찔레꽃

7부

시는 노래가 되어

1부 ──────────────── 하논 가는 길

무꽃

흰 무꽃을 한 아름 가져와

무꽃 국을 끓였네

구수한 국물 속에

그대 하얀 얼굴 하얀 마음

저녁밥 짓는 연기처럼

내 마음에 피어 오르네

흰 무꽃을 한 아름 가져와

백자 꽃병에 꽂았네

화사한 꽃병 속에

그대 환한 얼굴 환한 마음

달 항아리처럼

내 마음에 차오르네

하논 가는 길

햇빛 한 줌
머물다 가는 길

흰 새 한 마리
머물다 가는 길

재잘대는 꽃들
사시사철
머물다 가는 길

이 지상에서
가장 아늑하고
고운 곳으로 가는 길

함박눈

한겨울 무밭에 서 있었다 고구마나 감귤들 수확도 모
두 끝나 인적 드문 하논 분화구, 어느 적막寂寞한 무밭
에 희끗희끗한 눈발들은 금세 거칠어져 물밀 듯이 쏟
아져 내리는 농도 짙은 함박눈

분화구의 붉은 흙을 뚫고 쑥쑥 자란 무밭은 흰 눈으로
뒤덮여 무들은 간데없고 하늘인지 땅인지 분간이 잘
안 되는 공간에는 달 항아리 같은 꿈들이 한가득 앉아
있었다 그것도 오랜 산고產苦 끝에 생피 뒤집어 쓴 알
같은 꿈들이

잃어버린 마을, 하논

잃어버린 마을을 가보았다 자운영 밭을 지나 칡덩굴
로 뒤덮여 사라져버린 빈집을 엿보았다 대낮에도 컴
컴한 방구석에 얼룩진 곰팡이와 머리카락 몇 올, 황급
히 떠났는가, 수저 한 개 뒹굴어 휑뎅그렁하였다 깨진
유리창 조각들

잃어버린 하논 마을, 서귀포시 호근동 183번지

16가호 100여 명은 마을을 떠났다 1948년 11월 19일
하논에 내린 소개령으로 인해, 4·3은 끝났지만 주민들
은 마을로 돌아오지 않았다 기다리다 지친 올레 담들
은 무너져 내렸고 대나무 숲과 우람한 팽나무 서너 개
그림자만 길어졌다 사라지곤 하였다

상처보다

더 붉디붉은 동백꽃은 하염없이

톡 톡 톡

하는 동백

톡 톡 톡

겨울나무

늘 당당했다 거인의 굵은 토르소 팔뚝을 지닌, 혹독한 겨울 눈보라 속에서 더 강력한 폭풍을 기다리며 주먹을 불끈 쥐고 서 있던, 얼굴 문신과 몸 문신으로 무장한 마오리족 전사들처럼

봄여름가을을 두꺼운 나무껍질 속에 감추고 가끔 부르르 각질들을 털어내고 하던

산다는 것은, 겨울나무처럼 뼈 같은 불 울음을 재로 태워 날리면서라도 뚜벅뚜벅 걸어가는 것, 그것이 무엇인지 잘 모르면서도 걷고 또 걸어가는 것

그렇듯이 시詩를 써내려가는 것, 이 지상에 굳은 심지 하나로 중심을 잡아 내리는 것

매일 나는 캔버스에 거칠고 투박한 맨살의 겨울나무

를 혼신의 힘을 다하여 그린다 흰 꽃잎들, 진초록 잎들

그리고 붉은 생명이 툭 튀어나올 것 같은 음모^{陰毛}의

골짜기를

대나무 숲

"오늘도 대나무 숲을 거닐었어요" "시인을 만난 대나
무들이 아주 좋아했겠네요?" "네, 대나무들이 아주 좋
아했어요" "뭐라고 하던가요?" "대나무들은 바람 불 때
마다, 서로 흔들리며, 서로 기대며, 사랑한다고 하였
어요"

"하기야, 생각 차이! 나는 생각하길, 대나무의 꼿꼿한
기상이 절대 불의에 응하지 않을 것임을 알고, 또 한
편으론 그 댓잎 소리들이 음산해서 싫고 그리고 어릴
때 들었던 4·3의 이야기들, 잘린 상투머리가 매달렸던
큰 대나무며 죽창을 만들어 북문에 보초 섰던 제주아
낙들의 슬픈 이야기 등등을"

아, 짜르르 아픔이구나 누군가 숨죽여 지켜보았고 또
그 누군가에게 이야기하였고 또 누군가에게 전달하였
던 바로 그 아픔이었구나 죽창 대검 대못은 결코 잊을
수 없는 대나무의 시뻘건 주홍글씨였음을

또 귀 베이며 듣고 있는 것이다

하논* 배추꽃

더 이상
물러설 곳이 없다

한바탕 양념으로
버무려지는
배추꽃 필 때
매운 세상살이

노란 배추꽃을 먹는다
수만 년 전 터져 나온
물과 불의 힘을 받아
튼실하게 뿌리내린

봄이

온몸을 관통貫通한다

단단히

버텨야겠다

*하논: 제주특별자치도 서귀포시에 있는 대한민국 최대의 화산 분화구.

봉음사* 북소리

특히 석양이 질 때
그 울부짖는 듯
붉은 북소리

깨어나라
깨어나라
붉은 북소리

둥둥
둥둥둥…

힘껏 두드려
온 세상을 불 밝힐 수 있다면
나도 밤을 새워 북을 쳐보리라

*봉음사: 하논에 있는 절.

감귤 밭에서

누군가 감귤 꽃을 솎고 있다

붉은 흙을 밟으며

흰 꽃에 홀려

그 흰 꽃의 흐드러진

향기에 홀려

벌떼들이

윙윙 엉켜 있다

아, 아찔한

환한 대낮

갯나물꽃

길모퉁이 어디쯤
피어나고 싶다
토종 갯나물꽃으로

자줏빛 짙은 잎에
노란 꽃대를 그리움의 깃발처럼
흔들고 싶다

펄럭이다
그래도 그리움이 남거들랑
잠시 갯나물의 톡 쏘는
매운맛 탓하며 눈물 글썽여도
좋을 하논에서

오늘은

갯나물꽃으로

너에게로 가고 싶다

그 소박하고

진한 향으로

달려가고 싶다

2부 ———————————

문 닫힌 집의 적막을

하논

가장

외로울 때

하논으로 간다

등을 돌돌 말아도

외로운 날은

하논으로 간다

이처럼 삶은

헛헛한 것이려니

이처럼 삶은

붉은 속울음을 덮은

검은 흙이려니

하논 사랑

꿈속의
고향 같다

혼미하거나
비틀거리거나
때로 절룩이며
걸어가는 길

흙길
붉은 흙길

타다 굳어버린 그리움들이
충혈로 남아있는 길

잃을 것 없는 이들이

맨발로 뛰어노는

풀꽃이

저 홀로 피었다 지는

하논

하논에 가면

기다리는 것이
어디 사람뿐이겠는가

정들었던
사람을 기다리는
빈집

목이 길어진
나무와
어린 풀꽃

하논에 가면
따라와 울먹거리는
긴 그림자들

하루 종일

피었다 지는

꽃들

흰 도라지꽃 바라보며

멀리 언덕 위에 흰 것들이 흔들린다
손수건 같은 것
속옷 같은 것

흰 것은
그 순간 가슴이 뭉클해진다

이 세상에 온
최초로 입었던
배냇저고리 같은 것

저리 흐드러진 손짓
나를 감싸주고 품어주었던
흰 속살을 지닌 꽃들이

흰 편지

첫눈이 내렸다

만년설 같은 엄청난 분량의 편지가 도착하였다

그립고

또 그리운

여백

총총히 걸어가 보는

나만의 뜰

어머니

어머니는 냉이꽃

흰 냉이꽃

길섶에 다닥다닥 피어난 꽃

그 꽃이 좋아서

너무 좋아서

어머니는 인동꽃

거친 손마디 인동꽃

금빛은빛 향기로 날아오는

들녘의 꽃

그 꽃이 좋아서

너무 좋아서

어머니는 옥양목 앞치마를 닮은

질기고 투박한 꽃

연약하면서도 강인한 꽃

꽃이 필 때마다

큰 소리로 불러보는

어머니

문 닫힌 집의 적막을

차마
닫아놓을 수 없다

문 닫힌 집의
적막을 견딜 수 없어
반 뼘 남겨놓은 문

열린 것인지
닫지 않은 것인지

종일 쳐다보는
꽃과 나무와 새들

맑은 날은

어린 도마뱀 따라 반짝

햇살도 쉬어 가는

빈집

별도봉*

제주의

폭풍의 언덕에 서서

바다를 본다

짙푸른 바다를 본다

생이란

바다와도 같아

잔잔하다가도 끝내 격랑으로

몰아치는 곳

아아, 그 말미에

기어서라도 올라가 보는 곳

감히 자살터라고 말하지 말라

자살바위라고 부르지 말라

또다시 생의 불씨를

되살리는 곳

기어서 갔다가

걸어서 내려오는 곳

또다시 화폭에

폭풍 같은 바다를

휘몰아치게 하는

센 기운을 주는 오름

*별도봉: 제주시 화북일동에 위치한 산봉우리.

물의 길

어디서나 길은 열려 있다

하논 길을 들어서면 어디서나 허연 물줄기

물의 길이 달려온다

구부러지다가 반듯하다가 경사지다가 내리막이었다가

수만 년 전 물들이 치달리던 그 흔적들

어린 울음들과 새싹들이 가득하였던

그 시작을 알리는 소리들이

봇물 터지듯 달려오는 봄날

물의 길

포도밭에서

오래 묵은 포도나무를 본 적이 있다 흡사 십자가처럼
바짝 메마르고 비틀어진 채로 툭 던져지듯이 숨죽여
있었다 번쩍 푸른 줄기가 솟고 잎들이 무성해지고 그
줄기들은 서로를 기대고 타고 오르듯이 기어올랐다
꼬물꼬물 포도알들이 송이를 틀었다

한순간 나도 평화스런 밭에 한 그루의 포도나무가 되
어 살고 싶었다 낮게 엎드려서 숨은 듯 숨지 않은 듯,
입 속에 남은 단 한 마디 포도 씨를 물고 살고 싶었다

한순간 술틀에 던져진 몸과 꿈은 으깨어지고 붉게 숙
성되어 가면서 시큼한 냄새가 되어 또 하나의 풍문이
되어 이 입 저 입으로 세상을 떠돌았다

아, 저 아득한 포도밭의 평화여 어쩌면 이 세상은 원치
않아도 온몸을 내던져 문드러져 진하고 붉은 혹은 투
명한 포도주 한 병 빚는 일인지도 모른다

3부 ——————————— 꼭꼭 밟으라

능소화

채 여름이 오기 전 붉은 꽃들이 한 무더기 피어났다, 늦은 동백인가, 가까이 다가가 보니, 능소화 꽃무리가 하늘하늘 피어났다 한참 전 꽃 진 동백나무를 기대고 능소화 덩굴 꽃 가랑이 벌리고 아등바등 기어오르네 무엇이든 타 감고 기어오르네

악착같은 능소화, 동백도 아니면서 너는 내가 꼭 서늘한 이별할 때 비명으로 바닥칠 때 붉은 몸통 잘린 채 땅에 두둑 떨어져 흐느끼더라

밤낮 인연의 붉은 실은 짧아지는데 너는 내가 쿵 넘어질 때에만 하필 떨어져 발아래 밟히더라 슬픈 꽃물 눈물 붉디붉게 짓밟히더라 내가 죽고 나서도 한참을 다시 떨어져 그렇게 짓밟혀 그제야 비로소 꽃 지더라

하눌타리

그 삼나무들 옆, 귤 밭에는 오래된 지붕 위에 자연 환
기통이 서너 개 있는 큰 감귤창고가 있어서 풍경이 참
아름다웠다 그 아름다운 풍경을 사랑하여 종종 산책
을 나갔는데, 그 길 중간에 큰 돌들이 군데군데 놓여
있었다 그 돌 중에 하나를 '생각의 돌'이라 불렀다 그
돌에 앉아서 하늘이며 흘러가는 구름이며 산들산들
불어오는 바람을 느끼고 있노라면 많은 좋은 생각들
이 떠올랐다

그러다 한 일주일을 걸러 간 적이 있었는데, 그 '생각
의 돌'을 짙은 초록의 양탄자가 뒤덮고 있었다, 그 양
탄자는 한가득 하늘하늘 흰 실타래 같은 꽃들로 수놓
아져 있었다 바로 하눌타리 꽃이었다

하눌타리는 꽃과 열매가 모두 예뻤다 초록 잎은 특이한 단풍잎 부채손 같은 모습이었다 줄기에는 용수철 같은 손들이 무수히 있었는데, 하늘로 뻗어 올라가 하늘을 향해 꽃을 피웠다 하늘을 사모하는 것인가 아니면 태양을 사모하는 것인가, 아마 하늘일 것이다 그래서 이름도 하늘을 향해 머리를 풀어헤친 타리라 하여 하눌타리라 불리었다

그 섬세하고 부드러운 하얀 실이고 손이며 뿌리인 그것들처럼 하늘을 향해 힘껏 빨판을 붙이고 싶어졌다

유목遊牧

천막 옆에 한 남자가 꽃밭을 만들고 있었다 땀에 젖은 뒷모습이 참 아름다웠다 "돌담을 쌓아, 꽃밭을 나누어 보면 어떨까요?" "드넓은 것이 좋습니다" 그랬다 '넓은 것하고 드넓은 것하고는 하늘과 땅 차이로구나' 하는 생각이 들었다, 단지 '드'라는 한 글자가 들어갔을 뿐 인데도 엄청나게 넓은 꽃밭이 되어버린 것이었다

"혹시 역마살이 있나요?" 물으니, "아마도 몽골의 피가 몸속에 흐르고 있나 봐요 이런 천막생활이 너무 좋습 니다" 하는 것이었다

"아니야, 제주 사람들에게도 화전과 유목이란 것이 있 었지, 쇠테우리 말테우리가 있었지 그 척박했던 시절 들 상흔처럼 화전민의 집터들이 시커먼 그을음으로 어딘가 남아 있곤 했었지 봄이면 집에서 기르던 소를 한라산으로 올려 보냈었지 몇 달 후에 소를 찾으러 나

갔던 날 돈내코를 지나 수악교 냇가에서 기어이 잘린 소머리를 찾아내었지 파리 떼 들끓고 채 감기지 않은 두 눈 사이로 흘러내려 굳은 눈물자국들…"

산사람들이 산에 놓아기르는 소를 한 마리 붙잡아 고기와 뼈는 전부 갖고 가고 달랑 소머리만 바위 위에 남겨놓고 가버렸다지 몇 번 들어도 가슴 한쪽이 늘 저려왔다 "머리만 보고 어떻게 알 수 있었어요?" "알 수 있지, 척, 한눈에 알 수 있었지 바로 우리 집 소라는 것을 그 불쌍한 것이"

아윤芽潤 선생은 소 이야기를 해달라고 하면 늘 눈물을 글썽이셨다

제비집

옆집 할아버지는 지푸라기며 진흙이며 제비 배설물들
이 귀찮고 아침저녁 부산함도 싫어서인지 대나무 장
대로 제비집을 탁탁 두드려 부셔버리곤 하였다

아뿔싸, 이를 어쩌, 어린 나는 발만 동동 구르곤 하였
는데, 며칠 후에 또다시 제비들이 짹짹거려서 내다보
았더니, 헐린 집 옆으로 또다시 제비집이 꾸려지고 있
었다 생명이란 이처럼 끈질긴 것이다

오래된 초가집 제비집을 향하여 일자로 기어오르던
구렁이를 본 적도 있었다 스르르 벽을 타고 올라가더
니만, 작은 제비 알이나 새끼를 먹잇감으로 삼는 것이
었다

서귀포에서 그래도 가장 번화한 동명백화점 앞 전선
줄에 제비 떼가 줄지어 앉아 있었던 적도 있었다, 불빛

이 그리워 모여들었나, 전선줄 아래 인도엔 온통 제비의 흰 분비물로 인하여 엉망이었다 한동안 그렇게 몰려 있다가, 앞서거니 뒤서거니, 길을 떠나는 영락없는 나그네였다

사람이나 새나 역마살이 있다는 것은, 어쩌면 더 넓고 좋은 세상을 많이 보고 느끼고 경험하라고 하는 것일 것이다

오늘은 하논에 가서 명이 나물을 꼭 닮은 양애 넓은 잎을 따와서 장아찌를 담갔다 살짝 독특한 향이 배어 있다 향은 없는 것보다는 있는 것이 더 낫다 역마살도 없는 것보다는 있는 것이 더 낫다 나그네처럼 길을 떠나 보는 것이 안 떠나는 것보다 더 나은 일이다

제비들이 다 떠나고 빈집, 사람들이 다 떠나고 빈집,

떠나는 것이 어디 한둘이겠는가

어찌 알았을까 온기 없는 것을, 속은 허虛하고 뼈대만
앙상해지고 있다는 것을, 수어手語처럼 적막寂寞으로
채워지고 있다는 것을, 목숨보다 더 질긴 끈끈한 흰 줄
로 제비집을 칭칭 감고 있는 거미야

생生에 단 한 번, 빈 먹잇감을 잡았구나

고봉밥

"밥 먹언냐" 딱 한마디, 팔순을 훨씬 넘기신 친정어머
니는 뜸하게 전화를 걸어오시곤 하셨다 그 전화기 너
머로 어른거리는 흰 쌀밥에서는 모락모락 김이 피어
올랐다 하던 일 제쳐두고 친정으로 달려가면 아니나
다를까 둥그런 밥상에 갓 지은 고봉밥, 그것도 두 그릇
씩이나

"문 시인! 밥 먹언냐" 아윤 한기팔 시인은 사나흘에 한
번씩 전화가 걸려왔다 그 전화기 너머로 고장난 컴퓨
터 파일이나 정리해 교정을 봐야 할 시 원고가 어른거
렸다 하던 일 제쳐두고 보목리로 달려가면 네모난 밥
상에 고봉밥, 그것도 두 그릇씩이나

곤밥일 때도 있고 보리콩밥일 때도 있고
비빔국수일 때도 있고 자리물회일 때도 있고

하던 일 제쳐두고 왜 그렇게 달려갔는지 고봉밥은 참
으로 대단하였다 뚝딱 먹어치우는 막내딸을 바라보는
친정어머니의 눈가에 흐뭇한 눈물이 흘러내리곤 하였
다 친정어머니와 손 잡고 나란히 누워 한참을 세상살
이 수다를 떨어드렸다 보목리에서는 컴퓨터 파일 정
리와 교정을 보고 난 뒤에 물감도 만져보고 일필휘지
로 붓글씨도 써보고 박목월 서정주 시집도 뒤적여보
고 한참을 수다 떨다 바리바리 싸주시는 애기배추나
물외 그리고 김치를 들고 귀가하곤 하였다

나를 키운 것은
바로 고봉밥의 밥심일지도 모른다

"밥 먹언댜" "밥 먹언댜"
그리운 목소리

나는 두 손을 모으고 가장 경건한 모습으로 절을 하였다

아아, 하논 산책길에서 만난 고봉밥,

보름이 오름*

*보름이 오름: 서귀포시 하논 분화구 속에 있는 오름.

꼭꼭 밟으라

흰 눈 내리는 겨울 보리밭을 바라볼 때에는 사뭇 걱정이 되기도 하였다, 살짝 눈 쌓인 보리 사이로 언 흙들이 서걱하고 올라와 있는 것이었다 그러면 동네 어르신들은 "밟아주라, 꼭꼭 밟아주라" 말씀하셨다. 이 부드러운 보리 새순들을 "어떻게 밟누" 하고 그냥 바라보고 있으면 "걱정 말라, 보리는 꼭꼭 밟아주어야 잘 살아난다, 그만큼 질긴 거여" 하셨다.

남평문씨 문중밭 어린 귤 묘목을 심을 때도 그랬다 매년 삼월은 정신없이 분주했다 수십 명의 일꾼들 사이를 종횡무진하며 "꼭꼭 밟으라, 뿌리와 흙이 한몸이 되도록 꼭꼭 밟으라" 나도 덩달아 줄지어 갓 심어진 어린 묘목을 하나하나 꼭꼭 밟아주곤 하였다.

그럴 때 아버지나 할아버지나 동네 어르신 같은 분들의 아직 덜 깬 들녘을 쩌렁쩌렁 깨우는 목소리는 흡사

장군의 호령소리 같아서, 나는 "장군 같다, 대장군 같다" 하며 덩달아 신이 나는 것이었다 그렇게 심어 삼년이 지나면 정말 황금 같은 감귤들이 주렁주렁 달리기 시작하는 것이었다

제주의 보리밭이나 넓은 감귤 밭에서 들렸던, 그 '꼭꼭 밟으라'는 내게로 와서 아주 큰 힘이 되곤 하였다 삶과 삶의 경계 사이에서 피투성이 같은 전쟁들이 일어날 때마다, 그 겨울 보리를 밟아주듯 어린 묘목들을 밟아주듯 흔들리는 마음을 다잡아 꼭꼭 밟아주곤 하였던 것이다

보리이삭이 필 무렵, 문둥이 한하운 시인의 1955년 제2시집 '보리피리' 초판본을 서울의 수집가가 소장한 것을 간절히 부탁하여 수집하게 되었다 그 낡은 책표지에 적혀 있는 '보리피리'란 제목만 보아도 저절로 눈시

울이 붉어졌다

보리피리 삘릴리

눈물의 보리언덕

꼭꼭 밟아주었겠지

굴무기 궤

어린 시절 아마 대여섯 살 무렵이었을 것이다 동네 결
혼식에서 돼지고기 반을 몇 점 먹었다 그때만 해도 흰
쌀밥에 돼지고기가 참 귀할 때라 맛있게 먹었는데 그
만 탈이 나고 말았다 놀란 울음소리에 친구들과 술 한
잔 하시다 얼른 달려와 공동 수돗가로 데려가 씻기고
바지를 깨끗이 빠시던 아버지, 그 크고 넓적하던 등에
업혀 집으로 돌아오며 나는 괜히 신이 났다 술 냄새 그
리고 등에 배인 땀 냄새 그것은 함부로 웃지도 울지도
못하셨던 아버지의 속울음 같은 것으로 코를 찔렀다

새벽부터 돌담을 쌓던 아버지 집을 짓던 아버지 삘기
가 무성하던 풀밭을 개간하여 돌무더기들을 골라내고
감귤농장을 만드시던 아버지 주변을 늘 맴돌곤 했다
바람 숭숭 드나드는 돌담 사이에 끼우는 작은 돌멩이
를 찾아내 갖다 드리거나 혹은 땀 훔치라고 수건을 갖
다 드릴라치면 흙 묻은 두꺼운 손으로 머리를 쓰다듬

어 주시곤 하셨다 "오, 우리 말잿년" 하셨다 밤낮 호기심 많은 말잿년이 되어 사방팔방 자연 속에서 뛰놀았고 나무와 꽃과 새들과 하늘과 바다와 별들은 쏟아져 내려 단짝친구가 되었고 같이 성장한 그것들을 훗날 시적 소재로 많이 노래해 주었다

평생 애주가였던 친정아버지는 1989년 늦가을에 술드시고 귀가하시다 길에서 미끄러지셨고 끝내 심장마비로 돌아가셨다 상여를 메고 올라가던 하원동 남평 문씨 문중묘지 가는 길은 자갈돌이 많아 울퉁불퉁 거칠었고 억새가 흰 수건을 흔들듯 펄럭였고 가을 하늘은 높고 푸르렀다 그렇게 별 하나 떴다 스스로 지는 한라산 중산간 자락에 가난했던 한 생애가 저물었던 것이다

내가 내민 손

따스히 맞잡을 수 없는

단단한 근육질의

궤짝 하나

아버지의 유물인 굴무기 궤 한 짝은 늘 살아 있다 하얀

빛 술잔 속에 출렁거렸던 그 독한 술의 냄새와 단 한

번이었던 따뜻한 등의 체취로

칸나

토신제와 상량식 준비로 하루 이틀 분주해졌다 누군
가 상량식에 쓴다고 벼슬 좋은 수탉을 한 마리 알아보
라고 해서 오일장으로 달려가 힘 좋은 수탉 한 마리를
골랐다 또 누군가는 토신제에 쓸 작은 병풍과 축문을
준비하였다

흰 무명천에 발이 묶인 수탉은 시도 때도 없이 삐죽삐
죽 푸드득거렸다 동서남북 방향을 잡고 미리 준비해
놓은 제물을 올리고 토신제를 올렸다 그리고 대목수
가 기둥 위를 타고 오르더니만 축원문이 적힌 상량을
올리고 긴 무명천을 당겨 수탉을 끌어 잡아 올렸다, 미
처 아악, 할 사이도 없이 날카로운 작두날에 수탉 목은
단칼에 잘리고 날개와 몸통이 떨어질 때, 마지막 몸부
림이었을까, 푸드득거리며 날 듯 말 듯 머리 위로 어깨
위로 사방팔방 뚝뚝 떨어져 내리던 그 뜨겁고 붉은 닭
피여, "나쁜 기운들아, 멀리멀리 떠나라."

마지막 피 한 방울의 그 끈적끈적한 온기를 여태 잊을 수가 없다 그렇게 떠나면서 붉은 피 뿌리면서 나쁜 기운들을 전부 몰아갔을까, 괜히 눈물이 나서 뒤돌아섰는데, 삼나무 담벼락 옆에 늦도록 피어 있던 붉디붉은 칸나여

닭 심장에서 뜨거운 용암 같은 것이 터져 흘러나와 꽃으로 피었는가, 숱하게 피고 지는 칸나 꽃을 볼 때마다 내 심장은 그 뜨겁고 붉은 닭 피의 온기처럼, 긴 그림자 드리우고 늘 화사하게 뛰놀곤 하였다

도체비꽃

팔순잔치 지나 건강하시던 친정어머니가 봄이 한창일
때, 오랜만에 친정에 들렀을 때 흰 윗옷을 벗으시며 겨
드랑이 밑을 한번 만져보라고 하셨다 무심코 손으로
조물조물거렸는데 축 늘어진 살갗 속으로 초란 같은
덩어리가 한두 개 만져졌고 온몸이 오싹해졌다

그런 느낌을 받아 소스라쳐 놀랄 때면 한동안 넋이 나
갔고 종종 무슨 일들이 벌어지곤 하였다 이튿날 어머
니를 모시고 검사에 들어갔는데 이미 여러 군데 종양
들은 번져 있었다 푸르스름한 필름사진 핏줄을 타고
산수국 꽃잎들이 활짝 피어 있었다 그것들은 나 보란
듯 계속 피고 또 피어나는 것이었다 푸른 꽃잎을 제거
할 수도 더 이상의 치료도 어렵다고 힘들고 고통이 덜
하기만을 도와줄 수 있다고 의사는 담담히 말했다

아무것도 모른 채 내 손을 꼭 잡은 어머니하고 한라산

을 넘어오는데 길가 나무 밑에 산수국들이 지천으로 피어 있었다 푸르스름한 그것을 어머니는 도체비꽃이라 불렀다

해마다 봄날은 돌아왔고 하논에서도 산수국이 앞다투어 피어날 때면 문득 그 몽글몽글했던 종양덩어리들의 서늘함과 어머니의 "도체비꽃이구나" 하셨던 혼잣말이 자꾸만 뒤따라왔다

인동꽃

하루 종일 어머니는 안 계셨다 해 질 무렵 꽃 한 자루
머리에 이고 돌아오셨다 너나없이 가난했던, 돈 한 푼
꿀 수도 없었던 보릿고개 시절에 쌀이 떨어지면, 어머
니는 산으로 올라가 종일 인동꽃을 따셨다 허기져서
인동꽃술을 쪽쪽 빨면 아주 조금의 꿀맛이 입술을 적
셨다 꽃 한 자루 머리에 이고 집으로 걸어오시는 어머
니를 바라보며 늘 숨이 막혔다, 가슴이 아팠다, 저 자
루 속의 수십 만 수백 만 개의 꽃을 따시며 어머니가
종일 흘리셨을 눈물과 한숨과 혼잣말이 가슴 아팠다
가난하다는 게 슬프고 부끄러운 것이 아니라고, 종일
혼자 중얼거리시며 절망하시다가도, 어느 순간 강인
해져서 씩씩하게 꽃 한 자루 머리에 이고 집으로 오시
는 어머니가 너무 아름다워서, 늘 가슴 한쪽이 저려오
곤 했다

양 비탈길에

눈물 글썽이는

옥양목 앞치마

4부 —————————————— 죽은 어부의 노래

외할머니 홍재순

소남머리 비탈에 흰 찔레꽃

나풀나풀 흰 나비

무자 기축년 난리가

흰 찔레꽃 피어나듯

통곡으로 쏟아지는구나

매일같이 즉결처형으로

총살당한 사람들이

꽃잎처럼 한 잎 한 잎 떨어지던

정방폭포 해안절벽이여

아아, 영문도 모른 채

동백꽃보다 더 진한 선혈 뚝뚝 흘리며

별 지듯 져갈 수밖에 없었던

목숨들이여

그 핏덩어리 딸 셋 아들 하나

이름도 다 못 부른 채

숨 거둔 외할머니 홍재순

저승길 열두 굽이

흰 무명천 따라

아름다운 얼굴로

다시 오게 하라

환히 살아오게 하라

알뜨르 비행장 가는 길

한순간이라도 꽃 아닌 적이 없었다

손 흔들지 않은 적이 없었다

알뜨르 너른 들판을

일제히 손 흔드는 꽃들

흐느끼듯 쓰러지며 일어서는

평지나물 꽃의 물결

흰 감자꽃 피고 지면

왕소금 뿌린 듯 메밀꽃이 한가득

여리지만

여리지 않은

격납고 틈새에서도

피어나는 끈질긴 목숨들

수만의 리본으로 펄럭이는

희생자의 넋은

바람이 불면 쓰러졌다가

바람이 그치면 또 일어서곤 하는

알뜨르의 산증인인 것을

서귀포 해변 마을

누가 왔당

간

누가

왔당 간

무너진 돌담 너머로

넘실대는 푸른 바다

흰 파도 포말이

푸짐하게 놀당 감쩌

초가 납작 지붕마다

보석처럼 반짝거리는

푸른 소금기

그대 서늘한 눈빛

그리움이 왈칵

머물당 감쩌

죽은 어부의 노래

이어도 사나

이어도 사나

홀로 섬에 도착한

작은 배

나 살아서 이어도 갈까나

흰 물결 파르르 떠는

이어도 갈까나

나 죽어서 이어도 갈까나

울긋불긋 서천꽃밭 지나

그리운 임한테로 갈까나

섬을 떠날 순 있어도

끝내 섬으로 돌아온다

눈을 뜨고 누워있는 죽은 어부와

까옥까옥 노래하는 까마귀,

속살까지 검은 울음

이어도 사나

이어도 사나

성산포

따로
살아가는 법을
배운다

따로
그리워하는 법을
배운다

흰 등뼈
유독 높은 날

눈을 떠도
눈을 감아도

흰 물결
출렁일수록 돌아눕는
성산포

그리움

천둥번개가 번쩍이고

낙뢰가 쏟아지는 날

거친 파도가

휩쓸고 간

상처가

아무는 자리

그대의 발바닥

굳은 살

천둥번개도

낙뢰도 비껴간

철옹성鐵甕城인

천 개의 붓 끝에 이는

천 개의 그리움

바다는 바다의 언어로 출렁이고

사내는 사내의 언어로

그물을 한껏 펼친다

파닥파닥 튀는

생 비린내의

물고기들

비늘에 박힌 그리움들이

파닥파닥

반짝반짝

흰 소나무

아찔한 섬 바위
뿌리내린 소나무

전신을 타고 오르내리는
짠물에 대한 그리움을
숨길 수 없어

밤이면 솔가지마다
살갗을 파고드는
잔가시들

섬 바위 비탈
깡마른 흰 소나무

그리움이란

다 그렇지,

목에 걸린

가시 같은 것들이

하늘에 구름처럼

늘 걸려 있다

다들 집으로 간다

함박눈이

흰 태왁처럼

바다에 뜬 날

날 선 칼끝의 바람을 뚫고

희끗희끗 봉두난발

다들 집으로 들어가듯

바다로 가는 해녀들

긴 휘파람 소리

숨비 소리 가득한

집으로 자맥질한다

함박눈을 받아들이는 바다는

이 세상 모든 서늘함을 끌어안은

어머니와 같다

살암시민 살아진다던

저 바다에 펄펄 끓어

타 녹는 함박눈처럼

파란 물결 출렁이는

이어도 너머

다들 집으로 간다던

푸른 빛 그리움 하나

서귀포 마늘밭에서

서귀포 어디쯤

겨울 마늘밭을 쌩쌩

눈보라

휘몰아치는 날

얼었다 녹았다

다시 얼었다

서로가 서로를 끌어당기는

악착같은

목숨 여럿

누구 한 쪽

빈속은 안 된다

매서움으로 다잡는 것들

눈물콧물핏물

꽉 맞잡을수록

지독해가는 매운맛

쌩쌩,

빈속은

아니 된다

겨울 산수국

죽어도

흙으로 돌아갈 수 없는

꽃잎들은

한라산

상고대로

태어났다

불같은

기억들을

끌어안고

형장의 이슬로

반짝 사라진다 해도

후회 없다

수빙樹氷 속에서

보석이 된

목숨들

5부 ——————————————

태풍은 휘몰아쳤다

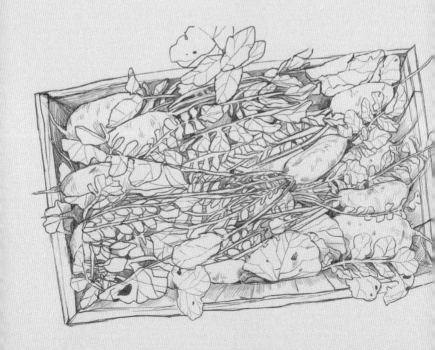

하논 동백

우리 동백꽃으로
만나자

하논 어디쯤
붉은 동백꽃으로
만나자

바람 불면
바람에 떨어지고

비 내리면
비에 떨어지고

눈발 날리면
덩달아 떨어지는
붉은 동백꽃으로 만나자

동백숲을

붉게 물들이다

뚝뚝 떨어져 뒹굴지라도

그 함께하였던 소중함은

사라지지 않듯이

또다시 우리

붉은 속울음으로 만나자

하늘을 가득 채우는

그 높고 고운 향기로

다시 만나자

겨울 무밭에서

무들도
꿈을 꾸나 보다

겨울 하논
희끗희끗한 눈발
흩날리는 무밭에

무는 없고
달 항아리만 있다

간밤 몰래
도공이 다녀간 뒤로

흰 속살
너머

천 개의 달 항아리가 떠있는

겨울 무밭에는

무는 없고

꿈들이 한가득 앉아 있다

달 항아리들이 낳은

한겨울 내내

등뼈를 타고 내리는 진통 속

생피 묻은 알 같은 꿈들이

꽃

살아남기 위해서 무가 배추가 제 몸을 줄이고 단단히
옭죄어 몸부림치는 환장 끝에 피어나는 저 눈부신 상
처들을

태풍은 휘몰아쳤다

가랑이 벌어지듯
곳곳에 나무 밑동이 벌어지거나
하늘을 향한 뿌리들은
몸을 비틀고 비명을 질렀다
찢기는 것들은 한마디로 처참했다

짐승의 소리들
어지러운 춤

태풍이 휘몰아쳤다
이 세상은 갈가리 찢어진 끝에야
비로소 미친 고요가 다가왔다

어디로

온몸에 소름 돋는다, 폭풍이 불어오자 통곡의 춤을 추
는 바다여

태초의 기쁨과 태초의 성냄과 태초의 연애와 태초의
모든 즐거움이 쏟아지는 고통의 동굴 속 소리 없이 울
려 퍼져 사정없이 때린다, 내 영혼을

나는 여자일 때도 있고 남자일 때도 있다 용감하기도
하고 비겁하기도 하다 순수하기도 하고 영악하기도
하다 때로 날렵하기도 하고 한없이 자유를 꿈꾸면서
그 자유 속에 늘 갇혀 있다

나는 누구인가 어디서 와서 어디로 가는가

파도 너머 흰 파도 너머 늘 어디로 달려가고 있다, 몸
부림치는 바다여

풍랑 속 까마귀

바다를 응시하는 까마귀
흰 뱃가죽 드러내는 풍랑의 바다를 날아올라
다시 저기 저 풍랑 속으로 들어가야 한다

조촘조촘
어깨가 기울도록 날개를 폈지만
어둠이 차오르고 별들이 길 떠날 때까지
까마귀는 희지도 못한 채 늙어갔다

거칠어야 기죽지 않는다던
일흔 살 상군 해녀 손바닥처럼
갈라져 부서지는 까마귀의 바다

하염없는 걸음

가도 가도

형벌처럼

하염없는 길

붉은 가시밭길

애초에 주저앉을 것이면

붓을 들지도 않았을 것이다

시를 쓰지도 않았을 것이다

발자국마다

두께를 더하는

강렬한 붓 터치

터벅터벅

터벅터벅

별 총총 그리움

이 세상의 절반은

기다림을 지나

별 총총

그리움일지 모르겠다

종일

네 생각에

참

황홀하였다

점 하나

황톳빛 바다

작은 돛단배 한 척

망망대해

점 하나

지웠다 그렸다

이 세상은

점 하나 찍는 일

지팡이 짚은

고독한 자여

탁 탁

목숨 같은

점 하나 찍는

사내여

들 고양이

돌담 위에 앉아있는
고양이와 눈이 마주치자
"안녕" 하니
"야옹" 인사한다

저들도 알 것은 다 안다
평안하라고
너도 나도 귀한 목숨들이라고

고맙다고
"야옹, 야옹" 한다

6부 ——————————————— 장사익과 흰 찔레꽃

강렬한 목소리

바람 앞에 서면

그 바람의 한가운데

나지막한 목소리 듣는다

꽃 앞에 서면

그 꽃의 한가운데

나지막한 목소리 듣는다

흙 앞에 서면

그 흙의 한가운데

나지막한 목소리 듣는다

그대 앞에 서면

바람의 꽃의 붉은 흙의 심장을

뚫고 나온

그 강렬한 목소리 듣는다

누워서 바라보면

해가 뜨지도

지지도 않는 곳

푸른 하늘과

붉은 흙만 가득한 곳

저 홀로 피고 지는

꽃들과

지저귀는 새

감귤 밭에 누워서

바라보는

세상은

푸르고

둥글다

내가 올려다본

하논 하늘처럼

가장 아름다운 단풍

비바람 불 때
몹시 시달렸던 잎들이

가장
짙고 곱구나

찢어지고
구겨진 잎들이

울긋불긋
울긋불긋

촘촘한 옷깃으로도
미처 여밀 수 없는 상처들이
속울음으로 터져 나올 때

삶이란

저렇게 딛고 일어서서

조용히 물들어가는 것이려니

토종 동백

꽃들

통꽃들

톡 톡

흡사 누가 단숨에 잘라버린 목숨 같은 것들이 나지막

한 돌담 아래로 이리저리 뒹굴어 다니는 그 선혈 낭자

한 밤이면 잠을 제대로 잘 수가 없었다

완경을 앞둔

여인의 마지막 생리혈 덩어리처럼

뚝 뚝 뚝

장사익과 흰 찔레꽃

눈 오는 날, 장사익 선생은 시종일관 흰 두루마기 차림이었다 순박하고 서러운 찔레꽃이라고 노래할 때마다, 소리 지를 때마다 온몸에 소름이 돋았다 그 소름이 오돌오돌 돋을 때마다, 내 영혼에도 흰 찔레꽃들이 움찔움찔 피어나곤 했다 그렇지 않아도 늘 봄이 오면 한라산 중산간 비탈길을 하얗게 뒤덮어 오는 찔레꽃을 보러 사방팔방 돌아다니곤 했다 흰 찔레꽃을 바라볼 때마다 차마 놓지 못하는 한 인연이라고, 풀잎 같은 인연이라고 참 서럽고 안타까운 마음이었는데, 노래를 듣는 내내, 어찌나 서럽고 징그럽던지, 나중에는 정말로 징징하였다

나는 순간 알았다, 장사익 선생은 눈으로 노래를 부른다는 것을, 그 고요하고 깊은 눈으로, 아름다운 이 세상을 오롯이 담아, 정말로 진한 눈물 철철 흘리며 소리를 지르고 질렀다는 것을, 내 눈에서도 쉴 새 없이 눈

물이 흘러나왔다 뚝 뚝 눈물이 흘러 떨어질 때마다, 어디선가 하논 붉은 동굴 속, 잠들어 있었던 나의 분신들이 번데기를 뚫고 나와, 비로소 눈부신 흰 나비로 모습을 드러내어 팔랑팔랑 날아다녔다.

훨훨 날아 봐, 훨훨 날아 봐!

질경이

열 살 무렵, 이상하게도 초등학교를 가는 길 중간에는 늘 누런 황소 한 마리나 두 마리가 고삐에 매인 채로 풀을 뜯고 있었다 그리 넓지 않은 길목엔 내가 지나갈 길의 가장자리가 좁았고 그 좁은 여백엔 엉겅퀴 가시 같은 온갖 야생 잡초들이 풀숲을 이루어 아침마다 이슬이 맺혀 있었다

이른 아침에 제일 먼저 학교에 도착하고 싶었지만 누런 황소들이 하필이면 길목에 떡 버티고 있을 때는 차마 무서워 지나갈 수가 없었다 할 수 없이 누군가 지나가는 어른들이 있을 때까지 기다릴 수밖에 없었다 멀찌감치 서서, 발을 동동 구르며 서성이며 그 두려움의 존재인 황소의 뿔과 코뚜레와 코뚜레가 낀 채로 콧물이 흘러내리던 둥글고 큰 코와 입을 관찰하곤 하였다 그 코와 입을, 날름 나왔다 날름 들어갔다 하는 황소의 크고 길고 두꺼운 혀가 참 신기하였다

소는 혀로 왜 입을 핥다가 쑥 코를 핥는지 지금도 잘 모르겠다, 엉덩이와 소똥 주위를 맴도는 왕파리들, 그 왕파리들을 근육질의 꼬리로 찰싹찰싹 때리며 쉬지 않고 길가의 어린 풀들을 맛있게 뜯어먹던 황소들, 그 육중하고 얄밉던 황소들

나는 길가를 서성이며 황소를 관찰하다가 어린 풀 위를 발을 동동 구르다가 또 쪼그려 앉아 있었다 애꿎은 그 어린 풀들을 잡아 뜯으며 시간을 죽이고 있노라면 저 멀리서 이웃집의 할머니나 할아버지가 마실을 가려는지 걸어오시는 것이 보였다 "학교 아직 못 갔네?" 하시는 말씀을 들으며 괜히 눈물이 펑펑 쏟아졌다, 그 할머니나 할아버지 옆에 찰싹 붙어서 바람인 척 '휙' 하고 황소 곁을 지나노라면, 황소는 여전히 꿈쩍도 안 하고 입만 오물오물 참 얄밉도록 되새김질을 하는 것이었다

여름이 지나고 가을이 들도록 그런 일은 여러 번 있었고 결국은 아버지한테 얘기를 하였다 그 소 주인한테 말을 전하였는지 아니면 팔려 나갔는지 그 후로는 황소를 만난 일이 없다

콧노래를 부르며 학교를 가고 있던 가을에 내가 황소와 조우朝雨할 때마다 동동거렸던 발밑에서 짓밟히고 또 거친 손에 잡아 뜯기던 풀에서 길쭉한 줄기인지 꽃인지가 마치 봄날 어린 송순 같이 돋아나고 있는 것이었다 또 며칠 후에는 그 길고 불쑥 솟은 꽃대에서 작고 여린 흰 꽃들이 피어 있었다 그 풀은 질경이였으며 그 흰 꽃은 바로 질경이 꽃이었던 것이다

괘종시계

갈수록 퍽퍽해지는 세상인심을 젖히고 더 가파르고
아찔한 벼랑에 목을 매달고 매시간 울부짖는 그대여

오롯 처절히 가슴을 쳐야만 소리를 낼 수 있다니 그런
기구하고 서러운 운명이라니

소리 날 때마다 깊어가는 상처들은 흩어진 시간을 이
끌어 당겨 다시 흔들어 깨우네 댕 댕 댕

맨가슴에 굵은 말뚝을 박아 둥근 세상 팔을 허우적거
리며 온종일 우는 그대여

괘종시계는 스스로를 쳐야만 소리 낼 수 있다는 사실
에 놀라 더 울어대는지도 몰라

정방폭포 바라보며

가을입니다 어쩐지 서늘한 하늘빛 따라 마음도 서늘
해지는 날 바다로 갑니다

정방폭포 어디쯤 휘어진 굵은 소나무 둥치 너머 멀리
바다로 떨어지는 흰 폭포를 바라다보았습니다 반짝
햇살에 흰 포말이 무지개로 뜰 때 빨주노초파남보, 술
잔 같은 첫눈 같은 물고기 같은 폭포물이 쏟아집니다

가늘어졌다 굵었다 휘어졌다, 삶이나 가을 폭포나, 휘
어졌다 굽어졌다 다들 잘 흘러갑니다

한라산 주목을 위하여

봄여름가을겨울 늘 한라산 주목들을 만나곤 했다, 특
히 흰 눈보라 펑펑 몰아치는 산 중턱에서 이미 죽어
흰 거인처럼 온통 뼈 조각상으로 우뚝 서 있던 고사목
들을

춥고 척박한 보금자리에 깊은 뿌리를 내리고 한라산
외진 곳에서 빈 가슴으로 살아가지만, 오랜 세월 그대
질기고 질긴 목숨이여

할머니의 할머니, 어머니의 어머니 그리고 어느 날 나
에게까지 버텨내려온 그대 캄캄한 절망이여

절망도 깊어질 대로 깊어지면 환한 희망이 곧 도래하
리니, 살아서 푸르렀고 죽어서는 모두 버렸다 아무것
도 쥐고 있지 않은 마른 주먹처럼

꼿꼿한 자존심 하나로 하얀 비수 같은 빛살 날리며 살

아간다, 살아 천년 죽어 천년을

고추잠자리

흰 벽을 향하여 어린 고추잠자리 한 마리 날아오르다
미끄러진다 또 날개에 힘주고 날아올라보지만 흰 벽
을 넘지 못하고 다시 떨어진다 살짝 잡아서 푸른 하늘
로 날려 보내 주었다 애초에 길을 잘 못 든 게야 쯧쯧

늦여름부터 간혹 한두 마리 눈에 띄는 고추잠자리를
바라보노라면 서서히 가을이 다가왔다 그 여리고 투
명한 날개들의 퍼덕거림은 평화롭고도 위태하였다 목
숨을 건 비행처럼

가을 하늘 날아오르는 고추잠자리처럼 높고 푸르게
살아가는 일은 늘 어려웠다 무의식중 길을 잃거나 무
언가 놓치거나 실패하면서 재빨리 체념하는 일이 다
반사였다 그럴 때마다 바라보는 허공은 흰 벽처럼 높
고 텅 비어 늘 배고프고 깨끗하였다

살아간다는 것은 아름다운 실패라 부를 수 있어서 늘

꽁지 마르듯 더 붉어져가는 잠자리야, 고추잠자리야

7부 ——————————————— 시는 노래가 되어

무꽃*

흰 무꽃을 한 아름 가져와
무꽃 국을 끓였네

구수한 국물 속에
그대 하얀 얼굴 하얀 마음

저녁밥 짓는 연기처럼
내 마음에 피어 오르네

흰 무꽃을 한 아름 가져와
백자 꽃병에 꽂았네

화사한 꽃병 속에
그대 환한 얼굴 환한 마음

달 항아리처럼

내 마음에 차오르네

* 2021년 봄, 서울 이종록 작곡가에 의해 작곡되었으며, 2021년 12월 13
일 서울 윤봉길 의사 기념관에서 개최된, 제11회 페트라 한국시음악
협회 정기음악회에서 발표, 공연되었다.

무꽃

문상금 작사
이종록 작곡

흰 ― 무 꽃 을 한 아 름 가 져 와 ― 무 꽃 국 ― 을 끓 였
흰 ― 무 꽃 을 한 아 름 가 져 와 ― 백 자 꽃 병 에 꽂 았

네 구 수 한 국 물 속 ― 에 ― 그 대
네 화 사 한 꽃 병 속 ― 에 ― 그 대

2

하얀얼굴하얀 마―음 저 녁―밥 짓 는
환한얼굴환한 마―음 달 항 아 리 처 럼

― 연 기―처 럼내― 마 음에 ―피 어 오―르―네
― 항 아 리 처럼내― 마 음에 ―차 ―오―르―네

140

하논 동백*

우리 동백꽃으로

만나자

하논 어디쯤

붉은 동백꽃으로

만나자

바람 불면

바람에 떨어지고

비 내리면

비에 떨어지고

눈발 날리면

덩달아 떨어지는

붉은 동백꽃으로 만나자

동백숲을

붉게 물들이다

뚝뚝 떨어져 뒹굴지라도

그 함께하였던 소중함은

사라지지 않듯이

또다시 우리

붉은 속울음으로 만나자

하늘을 가득 채우는

그 높고 고운 향기로

다시 만나자

* 2022년 가을, 서울 문지현 작곡가에 의해 작곡되었으며 한국작곡가
회 프로젝트 음반으로 제작, 발표되었다.

하논 동백

문상금 작시
문지현 작곡

우 리 동 백 꽃 으 로 만 나 자

하 논 어 디 쯤 하 논 어 디 쯤 우 리 동 — 백 꽃 으 로 만 나

하 논 어디 쯤 하 — 논 어디 쯤 붉은 동 — 백 꽃으로 만 나

바 람 불 면 바람에 떨 어 지 고 비 가 내 리 면 비에 — 떨 어 지 고

눈 발 날 리 면 덩 달 아 떨 어 지 는

붉 — 은   동 — 백 꽃으로만 나 — —

동백숲을   붉게 물들이다

뚝 뚝 떨 어 저 뒹 굴 지 라 도 — 그 — 함 께 하 였 던 소 중 함 은

사 라 지 지 않 듯 이 또 다 시 — 우 리 붉 은 속 울 음 으로 만 나

한라산 단풍*

사락사락 첫눈처럼
울긋불긋 상처처럼

사정없이 떨어져
밟히고 또 짓밟히는

아아, 살아있다고
모두들 버티다 길 떠난
빈 강 같은 늦가을에

아아, 바람
저기 붉은 바람이라고

첫눈이라고
그대 첫눈이라고

너와 나에게만

어찌할 수 없는

눈시울 붉은

펑펑 첫눈이라고

* 2022년 가을, 서울 이종록 작곡가에 의해 작곡되어 발표되었다.

한라산 단풍

문상금 작사
이종록 작곡

사 락 사 락 첫 눈 처 — 럼

울 긋 불 긋 상 처 처 — 럼   사 정 없 이 떨 어 져

밟 히 고 또 — 밟 히 는   아 — 아 —   살 아 있 다 고

모 두 들 버 티 다 길 — 떠 — 난   빈 강 같 은 늦 — 가 을 에

— 아 아 아 — 바 — 람   저 기 붉 은 바 람 이 라 고

첫 — 눈 — 이 — 라 — 고   그 대 첫 눈 이 라 고 —   너 와 나 에

할미꽃*

내 마음의
따뜻한 산언덕에
피어나는 할미꽃

솜털이
보송보송한 할미꽃

살아갈수록
생각할 일이 많아
더 많이 적막한
자줏빛 옷고름 같은 할미꽃

흰머리 풀어헤치고
세월에 굽은 허리
잠시 펴고 숨 고르는 저 할미꽃

그것은 비로소 열매 맺힐 때

백발 되어 날리는

단심이다

볕 좋은 날

초가집 툇마루

할머니 흰 머리 꽃으로

휙 날아든

아아, 백두옹白頭翁*

* 백두옹(白頭翁): 할미꽃의 한자어 표기.
* 2022년 가을, 서울 이종록 작곡가에 의해 작곡되어 발표되었다.

할미꽃

문상금 작사
이종록 작곡

♩ = 80 - 84

내 마음—의　따뜻한 산 언덕 에

피어 나는 할 미 꽃　솜 털 이 보 송 보 송 한　할

미 꽃　　　살 아 갈 수 록　　　생 각 할 일 이 많 아

더 많 이 적 막 한　　　자 줏 빛 옷 고 름 같 은　　　할

미 — 꽃

흰 머 — 리　　풀 어 헤 치 고

세월에굽은허―리 잠시펴고 숨―고르는 저할―

미―꽃 그것은비로소 ― 열매맺―힐때

백발되 어 날리 는 단심이다 별―좋은

날 초가집툇마루 할머니흰―머리꽃으로

획 — 날 아 든 — 아 아 아 백 두 옹

어머니*

어머니는 냉이꽃

흰 냉이꽃

길섶에 다닥다닥 피어난 꽃

그 꽃이 좋아서

너무 좋아서

어머니는 인동꽃

거친 손마디 인동꽃

금빛은빛 향기로 날아오는

들녘의 꽃

그 꽃이 좋아서

너무 좋아서

어머니는 옥양목 앞치마를 닮은

질기고 투박한 꽃

연약하면서도 강인한 꽃

꽃이 필 때마다

큰 소리로 불러보는

어머니

* 2022년 겨울, 제주 이승후 작곡가에 의해 작곡되었으며, 2023년 2월
25일 한국문인협회 서귀포지부 제24회 '시로 봄을 여는 서귀포' 행사
에서 발표, 공연되었다.

어 머 니

문상금　시
이승후 작곡

어머니

어머니

어 머 니 는 — 인 동 꽃

거 친 손 마 디 인 — 동 꽃 — — —

금 빛 은 빛 향 — 기 로 날 아 오 는

우 — 우 — 들 녘 의 인 동 꽃

- 3 -

어머니

그 — 꽃이 좋아서 — 너무 좋 아 — 서 —

어 머 니 는 — 옥 — 양 — 목

앞치마를 — 닮 — 은 질기고 투박한

- 4 -

164

어 머 니

꽃— 꽃— 연약하면서도 강인한 꽃 — —

그 — 꽃이 좋아서 — 좋아서 — 너 무

좋 아 — 서 — 꽃 이 — 필 때 마 다 —

큰 소 리 로 불 러 보 는 아 — — — —

- 5 -

어머니

하논

2023년 11월 10일 초판 1쇄 발행

지은이 문상금
삽화   현문태림

펴낸이 김영훈
편집인 김지희
디자인 김영훈
편집부 이은아, 부건영, 강은미
펴낸곳 한그루
　　　　출판등록 제651-2008-000003호
　　　　제주특별자치도 제주시 복지로1길 21
　　　　전화 064 723 7580 전송 064 753 7580
　　　　전자우편 onetreebook@daum.net 누리방 onetreebook.com

ISBN 979-11-6867-124-9 (03810)

이 책은 제주특별자치도와 제주문화예술재단의
2023년도 제주문화예술지원사업의 후원을 받아 발간되었습니다.

값 10,000원